聖堂

石井宏紀

思潮社

聖堂

石井宏紀

思潮社

目次

装幀＝思潮社装幀室

聖堂

痛み葉

波の砕ける音が聞こえる

高嶺を目指して螺旋状に上り続けた
晴れた日には服を脱ぎ雨の日には傘を差す
擬態なのか習慣として身についた日日

雨の匂いが鼻孔に染みた

無表情で自分の分別をまくしたてて
夏やせの名残にまだ苦しんでいる
揺らぎ始めた中途半端な立ち位置

ヒヨドリが飛び去って
白い花が地面に積もりつもって
あとには
花びらの冷たい虚空だけが張り詰めていた
森への道が見つからない

夕映えの雲の色があせていけば
こっそりと待ち構えた陽が仄《ほの》かにさしてくる
醜態の傷はかさぶたになって

やがて傷口の血は固まってしまった
キャンパスにパレットの絵の具で
胸を焼き尽くす
葉の表と裏がひるがえる
水色に沈むような深い色　痛み葉
時空に偏在するカササギの声
山からくぐり抜けてくるすきま風
声を反芻しながら眺めていた

ごみ屑のひとつひとつ実像を拾って
話せない話の底深く刺さる
ほんの小さな花びらほどの言葉

熟れた柿の実がひとつ小枝に残った

ゆき

雪が降り始めた
雨の匂いをたしかに背負いながら
ひとに何を告知したいか
今天空に向って一直線に翔けていることを
悟らせようとしているのか

ナノの世界からひとの細胞の螺旋へまで

ひとつひとつ
わたしの在りようを問うのか
白さと冷たさだけを取り出して
鼻を捨て耳を捨てそして口を捨て

昨日の碧空の無用と
地上に施された色彩の無用とを
声のない白は叫んでいるのか

そして居たたまれなくなって
雲から手を放したのか

花びら

深深とした下生《したば》えに
ひっきりなしにかそけき雨垂れの音
遠く近くひとの叫び声が交叉する
あれは忘れ残して裂けた己が咽笛か

やましさが動くと
やがて一筋に鎮まって

舌の上に牛が坐り込み
ここで沈黙そのものが太い柱となってくる

曙光に身をこわばらせ
細糸をそろりそろりと紡ぎ出すと
老いて節くれだった灌木が
影だけ聳え立っていくかのよう

この道はどこに連なるのだろうか

鳥の声の降る中に知らぬ唄が聴こえる
ふと日常の動作の習性が狂い
一夜を境に紅く燃える空は

歳月を重ねて色濃く膨らんだ

水面を埋め尽くす花びら
浮遊した心の痛みを抱いて
日没の時間が止まりかけてくる

早めに熱気の淀んだ夜など
階段をひとつ上がると
どこに居るのか意識が抜け落ちた

雨脚

背後で高い声が上がって
ものいいかけるひとの声の切れ端
夢を見ているのか　醒めているのか
外灯の光の中を抜ける

一夜にして空気の触感が変わり
命がはだかになって　じっと陽を浴びる

北の大地に残したものを　取り戻すように
晦《くら》んだ影がじわり　平常のひとの姿を立てる

雑木林には風の渉る道がある
過ぎたこともくることも融け合って
樫やら椎やらの大木が
下から盛り上がるように繁る
放心したかのように肩で深く息をした

出入口の無い壁
もうひと月　もう半月でもと　日を重ねると
暮れていく庭の匂いに
古いメモ用紙が挟まれていた

時間そのものが深い底に沈んでいる

昨夜を境に何が変わってしまったのか
爪の付け根に黒いものがこびりつき　すでに
こだわりの底は割れていた
からだは急に木像のように硬くなる

どこからともなく　読経の声が立っていた
路地の奥の　また路地みたいな
風の真直ぐ通る道を歩いていくと
それきり静かになった

薄暗がりの底に咲く卯の花を思った
思わず腰を上げて見上げると
小鳥たちの声が降ってきて
声と声のからみあいは少ないが
掛け違ったみたいな　否定文を連ねている

突然　不協和な横笛の音が走って
見過ごされてきた予兆の事象や光景が
地鳴りのように天に押し上げられる
日常への固執の正体は　風に任せて転がる
暮れ方にコウモリが雨を呼ぶのか
いつもより低く飛び交っていた

路上を白く叩いて降りしきる雨脚
白い闇に
虫は翅を濡らすのを嫌う

足音がいったん聞こえなくなる

壊れものとなった今
堺そのものが　越すか越されないか
歳月の持ち越されることもある
西よりも北へ振れた方角に
北の大地の鋭い唸りが膨らんだ

静かな夜

長い沈黙の夜の海を泳ぐ
底なしの感じが深みかけると
時の流れのゆるやかな海の底に沈着する

正でも負でもないゼロ
存在しないことを証明するための
まさに存在する数字

からだは疲れているのに眠れない
こうして記憶の像らしきものが動いて
淡い夜の光の波が揺れる
コントロールしないで自分を解放する
この不完全な生きもの

静かな夜
窓の外のガス灯の光が染める
眼を瞑《つむ》る…
呼吸と満ち潮のつながりはあるのか
自分の存在の有無と意義
すでにこの器の重要な部分は欠けている

静けさが身のまわりに下りてきた
油断すると浮き足立つと思い
自分を鋳型に嵌め込もうとして
幾たびも骨から肉を引き剥がそうとしたが
忘れる後ろ暗さを思った

あの時受け入れればよかった

フーガ

長いコンクリートの土塀を曲ると
季節が冬に色を変えていた
頭上に葛葉が蔓を残して樹樹を廻る

うつ伏せて急坂を上り詰めると
切り取られた空を仰いだ
空は音を消した無限がいい

静けさは嵐にも似て
何かに追われ
空を疾く截《た》って
瞬く間に時間の海に投げられた

海にわだつみの泡が視界を埋め
波の伏す深海を測るように
砂が一筋に哭いている

時計は遅く動いた

昼は見て夜は想う

何のためともつかない身支度で
幾日幾夜の旅の空を
酔いしれた一塊のからだに問う

こじ開ける鍵
乾いた土は崖を滑り
フーガの遁走を次次に
感傷はとっくに化石となる
盲いた旅人の声幽《かす》か

半月

堕ちてくる滝　逆らって立ち上る霧
一点に絞られた瞳を　からだは上っていく

わたしの生きてきたことと
黄泉へ旅立ったあなたとの　ここは交叉点
昨日までを畳んできて
明日からはもう　折り畳むすべもなく

虚空だけを渉る　うしろ姿

昨日まで嗤い叫び　肩をゆすり
四つにまで組みつほぐれつ
転げる芝生の向こう　遥か海原が香る

あの風は光り　そして爽やかだった
手に触れる驚きと奇跡を
信じることと信頼することを
この手の平に啓《ひら》いていた

居ないことの迷路　居たことの岐路
まるで辻褄合わせの昨日を失って

今日を渉っている
壊れた電車　裂けた屋上　潰れた塔頭

忘れ得ぬ　あの小路
二人してひとつふたつと拾った　栗の実
その渋皮の味蕾《みらい》に　転げた真実《まこと》

昨日まで重ねた日常　重ね損ねた明日から
半月を埋める影もない　今はただ
夕陽に飛ぶ　カラスの一群を見ている

暮れ残る道

部屋の空気が少し重くなった
動いていた時計まで針を止める
遠い記憶に霞がかかり
払えば消えるがまた纏わりついてくる
しかし
すでに季節だけは
鳥の声の耳につく頃になっていた

暮らしの底がわだかまり
髪の根も締まり　つのる思い
そこで糸はプッツリと切れてしまった

薄霧が込めて地に露が下りている
それから雨は連夜降り続き
明けるか明けぬかの時刻…

コトンと眠りに落ちた

遠く風が鳴った
近所の老犬の遠吠えが合わせる

雨戸を開けると雲はまだ切れていない

欄干の筋向うの宙に鴨が数羽舞った
雑木林の樹冠のつながりのわずかに
濁りの滑り下りた透明な水滴が光る

数日前に逝った友の
白い骨壺が置かれているあの部屋を
思い出していた　そうして
まだわずかに暮れ残る道を
独りして帰ってきていた

雲の火ばな

雲の深き峰に仰ぐ
何か変わらぬものは
細胞のすみずみに引っかかっている

前兆か陽炎か
眼の前に何かが響き合い
内に内にと潜る亀裂

優しさと哀しみの襞に
微笑の影がまだ去らず
見はるかす　峰から峰へ水溢れて
煽り立てる節くれ立った記憶を吐き出す

しじまに
揺らぎ　しばり　ほころび　うねり
日向の枝よりひとつふたつ蕾を解くが

友はあの面影橋を渉ってしまった

日だまりに渾沌として交叉点に足を止める

今とこれから　まなうら一閃光はじけて
闇に閉ざされた模索と瞑想

いつしか曇天に喘ぐ泥流と波濤
逢着する難破船にも似て
たじろぐ深みに堕ち
蓋を開けずに　耳元をいく囁きのレクイエム

今はコスプレの望見の思い出遥か
岩に砕ける響きを残して
過ぎゆきとなりたる一日の夕茜

周波数

窪んだ花の香りを畳んで
少女はその場を去った
名残り影法師を踏みつけると
雪が激しくほつれた

ここまでのわたしは
置き去りにされた記憶を探っていた

霧笛の切り取られた空間を水で埋めて
たずねる花に背中を向けた少女は
断橋まで辿り着き息を止めた

屈折した試験紙で正体を
たった一握り探したが
ひび割れた背中には
まだ風が覚えた幽《かす》かないびつを呼んでいた

端境に立つひとに黙って
少女は両手を合わせている
まるで失った磁力を取り戻すように

聴覚を研いで別世界の周波数をかき寄せる

グラスにそえた小指には
早や平日の午後の生活の音遠く
間に合わない後悔に
床の間に坐る塑像ひとつ　ポツンと

マンションの脇を通り抜ける
空車タクシー一台

架橋

石を投げれば硬い空である

深い夜へ向かって傾く勾配の上　驟雨がそこだけ凝結して幽閉され　細い塔が空を刺していた

向こうで何か跳び超えたものがある　そこに

今まで誰かが居て　立ち去った跡　そのクレ
パスに焔の消長を茫然と眺めている

ひげがうまく剃れない朝方の不安　わたしの
年齢の貸借対照表の帳尻に素早く　どこか遠
い国の言葉の通じない少女が　ばらばらに
なったものを組み立てていた

架橋の拒絶　生樹の裂け口から滲み出る樹液
に　こめかみの血がさわいで　ザクロの弾け
出す赤紅の実にすり寄る

別の土地　別の朝　息を潜め身を潜め　盛ん

な夏草に被われた空地の一隅　己が眼の事物
の背後に廻ろうとしていた

羊水の中の眠り遠く　ガラス細工の繊細さに
時が滴り落ち　衒《てら》いも韜晦《とうかい》もなく　ただ夜の
平原の果てに上る燎原の火を見詰めている

錆びた空き缶に舟虫が　心の一隅を走り過ぎ
た　橋を絶たれた断崖の両岸には　テレビア
ンテナ　高圧線　スズメ　コカコーラ看板
何も彼もが可塑性を欠いた現実素材

バラの概念が空想をそそり　さらに空想が実

態に触れると　匂いや色や形が記憶に蓄えられる

森の奥には火葬場があるはずだ

裂けたザクロ

空の蒼い皮膚を延ばすように
あなたはわたしの傍らで
何かの声を待たれるのですか　わたしには
今はほんの小さな空き地があればいいのです
確かに星たちはみずからの周期を守りながら
時にあらゆる錯綜を脱して

大胆に飛び出すのです
アルバムの中の記憶に押し込められた
揉む　捩じる　絡み合わす　振り廻す
ありふれた　そうした月日の生活が
もう疾うに過去に埋もれているのでしょうか

海は背骨の無いことを悲しむかのように
水底には深く孤独な岩盤があるばかりで
ただ追憶だけがその香りの中に移り棲みます

言葉たちはトツトツと意味から抜け出して
どこかへ独り消え去っていたのですか
まるで待合室にポツリとでも居るように

乳房をふくませる母親のような無心な姿

鉛色の空の絹絹の下
ひとり帆布の失せたマストの帆船で
全体ではすっかり眠っているのに
奥の方ではなかなか眠れないでいるのです

裂けたザクロふたつ　果実の色彩を開いて
鋼のように硬く
終焉の旋律はまだこの耳に残っています

海峡は波立った新しい時刻を刻むでしょう
橋立が長く傾いて

幽《かす》かな風に蔓が揺れています

第二の時間を超えた広大な命のための時間
大空の淵から淵いっぱいに解き放たれて　今
わたしはその重みを量っているばかりです

乾いた風

何かに烈しく衝突した響きに立ち止まった
空と海の　遠い淵からやってきた風が
どうしてもわたしに伝えようとしている

ヴァイオリンの傷んだ胸の中へ
巣をかける無心な小鳥のように　やわらかく
傍らを過ぎていく時間　来去する風は

わたしをとらえて　ゆっくりと抱きしめた
なつかしい声音を失った　君の横顔の遠景

ふたりして眺めた　未来に膨らんだ風景は
断たれて　今記憶の丘で独り佇立する
海が天空に浮いて　盛り上がっても
君が逝ってしまったことを　わたしはまだ
ここで　解き明かそうとしているのだ

今はただ　子午線の上ばかりを見詰めている
露岩の現実　宇宙の精妙な膨張の陰
叫喚と動揺の混乱の内に　無言で容赦無く
季節の風物は　冬の方向に転動していく

凧糸が切れて真っ直ぐ　あの嗤い声を連れて
ひとつの世紀が過ぎようとしているのだ
冬への風が路上で大きく裏返って　そのまま
夜の部屋の中へ身を隠してしまったのか

星座から外れた星がひとつ　落下して
火を含むこの球形の地球へ突き刺す
すべての時間と日日の生活の表皮を剥がして
小鳥が一羽　時空を過ぎ去ってしまったか

否　どこかに身を隠している
壁があり　壁の向こう側は見えないから

期待は期待を呼び込んでいる　間違いなく
水は流れ　乾いた風は移動している

凍て空は裂かれ　記憶の連鎖から逸脱した
影はいきつ戻りつ　どこか歩いているのだ
茜空に　まだ見えない小鳥を探している

ボールペンと紙の

大人になるのを気づかないままに
息を呑み言葉を探してきた　こうして
幾百の昼と夜が起きては眠っていった

このからだから這い出すように　そして
抜け出すように　それでもコツコツと
記憶を未来につなぎ合わせた　ただひとつ

どうにも手がつけられないことが残っている
意固地で不器用

白い朝　空にはポツンと羊雲
時計の秒針が六度ずつ
規則正しく時を刻む　わたしは抜け殻

タバコに火をつけた

あれは訣《わか》れのことばだったのか
異の響きを
ボールペンと紙の触れ合う筆触の感覚

わたしは
岸を求める白鳥の頸のように
眼下に拡がる海の岩礁を見ていた
その向こう
岬が怒濤の中に独りそそり立っている
明日があることを気づかないままに
息を呑み言葉を探してきた

夏の朝は早い

岸壁につながれた一艘の漁船が
くぐもったエンジン音を轟かせていた
昨日の続きみたいな
何事もなかったみたいな轟き
頭の中でE弦のクリアな音が響き始めた
雲は見る見る姿を変えては消えていった

砂を一握り掴み指のあいだから零れ落とす
いつも引きずっている結び目を確かめながら
逆日めくりを繰るみたいに
からだだけが睡眠を求め
閉じたまぶたの裏を映像が乱れる

先送りして
うやむやにしていたみたいな心理が
どこかに在った
一瞬なのに　後で振り返ると
その時はこんなにも長い宵闇が下りてきて
そして短い沈黙があった
記憶のページを操ったに違いない

いき着く先　後戻りできない未来

この空の下で　いつも何かを
取り残され続けていくような気がする
道がいき止まりになっていた

背中に問いかける　それでも
ゆっくりとピアニシモからフォルテシモへと
高みに上っていこうとしている　わたし

聖堂

雲から痺れを切らして　今
雨粒が両手を放しひとつふたつと降り始めた
樹木の血は幹に沿ってひたすら攀《よ》じ上る
わたしは遥か遠く烟る湖面を眺めていた
船に岸　岸には船　その必要十分条件　でも
わたしはその問いの正しさを求めなかった

雨雲が次次にわたしを通り抜けまた追いかける
重さはただ降り続ける雨量の総計に過ぎぬ
でも今までどこかに隠れていて
突然わたしに留った過去を掬い上げて見せた
…新しいわたし

葉は一夜で黄や赤に一変する
カエデのくれない　ナラやブナの黄色
しかし常緑樹の不変　マツやスギ
その相克はどこからともなく　わたしに
遠い声を空から降りつけてくるのだ

哀しみの中　言葉の中　部屋の窓を壁が塞ぐ

それでも失くした語彙を拾い上げ
まだ実を結ばない花の未熟さを　ただ
壊れた玩具にいとおしむかのように抱く

火は狂って地面に横たわり　時に
燎原の炎となって悶え這いずり廻る
やがて天を支えた聖堂をも呑み込んで
赤い火焔を吐く　幻聴や幻視
何から何までも見落としはしないかのよう…

ひとが花を見るのではなく
いつものところからひとを見て
ひとの心の在りようを問い質すのだ

暗渠がどこかで幾つか口を開けている
現在のわたしの在りようはどうかと
断ち切られ削ぎ落された遥か遠い過去
そこから投げかけられているのだ

ガラス細工

地平線に粘りついて
おもむろに上ってきた太陽…
そう　半ば容《かたち》を顕し
なお全てを顕さないかのよう

わたしは池を移る雲の陰を眺めていた

雨垂れのほんの一滴が　めくるめく拡がる
ただ眺めているだけでは　安逸の波紋だろう
でもそこで　時の木片《こっぱ》に身をゆだねてしまうのが
だれかれではなく　人間性《さが》の不文律だ

雨は日に夜に継いで降り続いた　ここまでくると
緑が立ち込めて　ハギの葉は重さを憶えている
垂れて　この岩の裂け目を量っているのか　翌日
朝焼け雲のひしゃげは　やけに左右対称《シンメトリー》を嫌った

　わたしは池を移る雲の陰を眺めていた

海の張り詰めた薄い皮膚の上を　出港する竜骨《キール》も

ガラス細工のように　壊れやすく迷っているのか
独り口笛を吹く…
それからだ　永い永い沈黙が語り始めたのは

感覚の末端に触れると　鈍い響きが疼く
眼の前の橋を渉れずに　わたしは
不決断と不如意に　慌てて蓋を閉じた

ハギの枝から離れようとしている一枚を
独り見ている

大工仕事の音

救急車の音が近づいて　夜が明けた
同調したのか　蝉しぐれが家並みに響いた
小枝に掴まった蝉はぐずるように
声に出して自問自答を繰り返す

夏の未明に開け放した窓から
草露の匂いに逆らって　右手を左手で抑え込む

青春の時のわたしは
否定形に否定形を重ね　遥か深く拒絶していた

遠くで細く冴えた鐘の音が耳に透る

天気崩れの息苦しさは　前から解っていた
風は夏の重い湿気を含み　肌に冷たく触れる
空がようやく曇って　雑草が揺れ始め
やがて雨脚の刻刻と激しくなるのを眺める

白湯を気休めにひと口だけ含む

雲の塊が　その腹から仄《ほの》かな糸を幾筋も吐くと

霧の膨らみは戻るように
その柱の裾へと吸い寄せられていく

夏には夏の　冬には冬の
静寂と騒音　沈黙と饒舌　鬱と躁
先の時間がいき詰まってきて
わたしは原書を本棚に戻す

遠く大工仕事の音が立っていた

雨垂れ

驟雨が止んで陽射しが戻ると
蝉しぐれが勢いを増した
もうここまできて
今更ここで帰るわけにはいかない
また天が歩き始める　その先には駅が見えた

この初めての街で

停電にあった旅人みたいに立ち尽くす
壊れてしまったゼンマイ仕掛けの人形か
でも何かが啓《ひら》くような気配はした

言葉はひとつの点になって転がって留まると
それは心に刺さった大きな棘
でも純粋で誠実で不器用だけど優しかった
この瞬間を超えることはもう一生ないだろう

時間の海へ流される

次次と表情を変えていく厚い雲
季節の終りが直ぐそこまできていた

黒い雲と青い空の橋渡しをして
二重の虹が大きく架かっている

風が頬を撫でる　これはいつの風だろうか
暖かい一筋が
ゆったりとからだの中から出ていく
束の間陽が陰り　蝉の声がピタリと止んだ
そのとき百舌の鋭い声が走った

ポーチから規則正しい雨垂れの音が聞こえる
四角く切り取られた高層ビルの谷間を
空がゆっくりと暮れていく

あとがき

俳句でもなく短歌でもなく、ましてや小説でもない詩を描いてきて、不思議な異界に飛び込んだと、次第に思い始めていました。それは語彙や語彙との組み合わせ、それをさらに文章の世界に組み立てる。そして指先までの語彙の細やかなこだわりと、それなりの折り目正しさの生成までの道のりです。

平成十九（二〇〇七）年六月二十四日の午前四時半頃、軽井沢のペンションの庭先の小池のほとりに佇んだ。くっきりと晴れ渡った静かな朝で、ナラやクヌギの木漏れ日、そしてウグイスやヒヨドリが、詩を無性に描きたい衝動をからだの中に一直線に貫いていきました。

詩作への熱情は描くほどに溢れてきて、ひとつ書くとまた別の衝動が待ち構えています。美しい風景の発見、日常生活の感動・感慨、それをことばに置き換える作業。表現の意外性や驚愕、誇張や重複、矛盾や対立、カタカナやひらがなや漢字、そしてそれらの組み合わせ、なんと愉しいことでしょう。それでも完成を見ない一篇の詩を、少しでも多くの読者の方に読んで頂いて、最終的に確定へと近づいて頂ければ嬉しい限りです。

令和二（二〇二〇）年一月

石井宏紀

＊収録の詩文は平成二十六（二〇一四）年以降五年間に書いた詩の中からの抜粋です。

石井宏紀（いしい・こうき）
昭和十五（一九四〇）年
山梨県北都留郡上野原町上野原字向風に生まれる。
現・上野原市上野原
現住所　〒四〇九－〇六一四
山梨県大月市猿橋町猿橋二四六－三

聖堂《せいどう》

著者
石井宏紀《いしいこうき》

発行者
小田久郎

発行所
株式会社 思潮社
〒一六二−〇八四二 東京都新宿区市谷砂土原町三−十五
電話 〇三（三二六七）八一五三（営業）・八一四一（編集）
ＦＡＸ 〇三（三二六七）八一四二

印刷・製本所
創栄図書印刷株式会社

発行日
二〇二〇年三月三十日